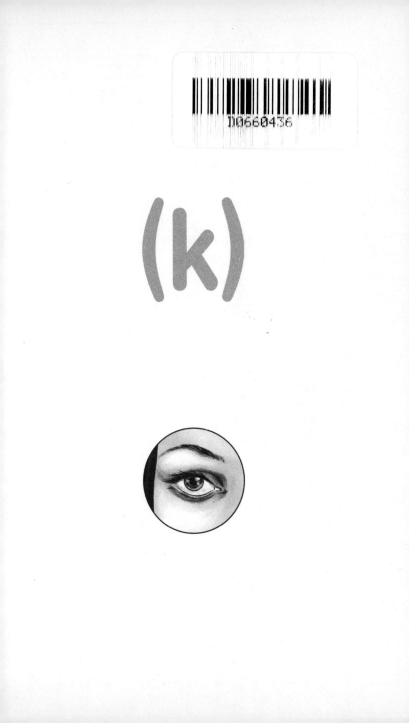

(k)
Épisode
13

Du mercurochrome sur le cœur
Sophie Bienvenu

Illustrations de
Salgood Sam

la courte échelle

10:09 – Thomas dit :
Yo, sœurette !

10:09 – A.n.i.t.a dit :
Allo !

10:09 – Thomas dit :
Tu veux venir magasiner un cadeau pour P.O. avec moi ?

10:09 – A.n.i.t.a dit :
Bof... non.

10:09 – Thomas dit :
Come on ! Ça va être le fun, pis t'es meilleure
que moi là-dedans.

10:10 – A.n.i.t.a dit :
Non, ça me tente pas.

10:10 – Thomas dit :
Y a vraiment rien qui te tente en ce moment.

10:10 – Thomas dit :
Y serait temps que tu reviennes d'entre les morts, là.

10:10 – Thomas dit :
Ta maudite peine d'amour, elle a assez duré.

10:11 – Thomas dit :
Prépare-toi : je suis là dans une demi-heure.

**Dernier message reçu le samedi 14 février
à 10:11**

Thomas s'est déconnecté(e)

C'est facile à dire, ça : « Ta peine d'amour a assez duré. » Comme s'il y avait une date d'expiration sur le malheur comme sur les yogourts.

Kevin n'est plus dans la même école que moi. Je ne sais même pas s'il est dans une école tout court. Je ne l'ai pas revu depuis le soir fatal où il a découvert que Tania et moi étions la même personne.

Lorsque le directeur m'a appris qu'il ne faisait plus partie des élèves de l'établissement (sans mettre de gants, je me permets d'ajouter), j'ai décidé de prendre le taureau par les cornes et d'aller voir chez Kevin ce qui se passait.

Et je me suis fait encorner.

J'ai sonné, m'attendant à être reçue par Matthias ou par Kevin lui-même, mais c'est Nancy qui a ouvert la porte.

Je ne sais pas ce que j'ai fait dans une autre vie pour mériter ça, mais ça n'a pas dû être joli-joli.

— Euh... allo... euh... Est-ce que Kevin est là ? que j'ai bafouillé.

Un sourcil levé en signe de dédain, la cigarette coincée au coin de la bouche, presque caricaturale, elle m'a craché, avant de me refermer la porte dessus :

— Y reste plus icitte.

Prenant mon courage à deux mains et essayant de passer outre mon sentiment de valoir moins que rien (la mère de Kevin a cet effet sur moi), j'ai frappé de nouveau.

La porte s'est rouverte sur un soupir exaspéré.

– S'tu veux encore?

– Euh... et euh... et Matthias, est-ce qu'il est là?

– Ben là! Kevin s'est poussé, et il a pris le flo avec lui! T'as-tu fini ton interrogatoire? Y fait frette!

– Mais ils sont allés où?

– Ailleurs. *Get over it,* cocotte.

La porte du 1926 s'est refermée définitivement sur moi, au son d'une phrase douloureuse à faire vomir.

«Ailleurs», ça veut dire que sa vie continue sans moi. Que je n'en fais plus partie. «Ailleurs», c'est quelque part mais nulle part en même temps. «Ailleurs», ce n'est pas ici. «Ailleurs», c'est toujours trop loin.

J'ai continué de fixer la porte, incrédule, espérant que Nancy allait regretter les derniers mots qu'elle m'avait jetés au visage, qu'elle allait rouvrir, m'inviter à entrer et tout m'expliquer.

La connaissant, j'imagine que, si elle m'avait demandé d'entrer, ç'aurait plutôt été pour me brûler la joue droite avec son fer à repasser.

Mais bon, ce matin, je sais que, si je ne me prépare pas à aller magasiner avec lui, Thomas va utiliser tous les moyens en son pouvoir pour m'y forcer. Je m'extirpe à regret de mon pyjama, choisis le look je-suis-en-peine-d'amour qui me suit depuis plus d'un mois et descends sans trop traîner lorsque j'entends sa voix dans l'entrée.

— Tu m'attends deux minutes? P.O. voulait que je demande à maman sa recette de pâté chinois...

— Ben là... Steak, blé d'Inde, patates : ce n'est pas une formule magique! raille mon père.

— Louis, Louis, Louis... si tu savais! lui répond ma mère, énigmatique. Viens, chéri, je vais te retranscrire ça, mais tu rappelleras à P.O. que c'est un secret, hein!

Je soupire.

— Où allez-vous? me demande mon père.

— Magasiner un cadeau pour P.O.

— Achetez-lui un livre de recettes. Comme ça, il n'aura pas besoin de demander à ta mère comment préparer des pâtes au beurre et des sardines à l'huile.

J'imagine le chum de mon frère se grattant la tête, désemparé, devant une boîte de conserve, et ça m'amuse énormément. Pour la première fois depuis longtemps, je souris. Prenant ça pour une invitation à continuer, mon père renchérit, imitant P.O. :

— Est-ce qu'il faut que je mette l'huile au complet ou ça va être trop? Thomas, appelle ta mère!

Pour trouver ça drôle autant que moi, il faut connaître P.O. : toujours à suivre les instructions, les recettes ou les conseils d'entretien des vêtements à la lettre. La seule personne sur terre à effectuer l'inventaire de toutes les pièces et de toutes les vis fournies, avant de monter un meuble Ikea. Je ne sais pas comment il peut être matché avec mon frère, aussi désordonné qu'un panier de linge sale.

— C'est bon de t'entendre rire, Princesse ! Ça faisait longtemps. Une journée de plus et je t'achetais un poney pour te redonner le sourire...

Je pose ma tête sur l'épaule de mon père. Si je m'étais souvenue que ça réconfortait autant, je l'aurais fait avant. Comme quand j'étais petite et que je m'égratignais les genoux en tombant sur le gravier. Chaque fois, je refusais qu'on me nettoie avec du mercurochrome de peur que ça soit douloureux. Lorsque j'acceptais enfin, je me disais que ce n'était pas si pire, finalement. Même que ça soulageait. Et je me disais que, la prochaine fois, je me laisserais soigner sans rechigner.

Ce que je ne faisais jamais, évidemment.

(K)

De: Émilie
À: Moi
Date: Samedi 14 février
À: 11:48

T'es où?

De: Moi
À: Émilie
Date: Samedi 14 février
À: 11:49

Au centre d'achat avec Thomas. Tu nous rejoins?

De: Émilie
À: Moi
Date: Samedi 14 février
À: 11:50

Bof. Non, ça me tente pas.

De: Moi
À: Émilie
Date: Samedi 14 février
À: 11:51

Y a rien qui te tente en ce moment! Allez, viens nous rejoindre: elles ont assez duré, nos maudites peines d'amour!

— T'es pas encore en train de texter ton Kevin? À force de le harceler, t'as dû lui faire quitter le pays. Il doit être en train de se faire dorer la couenne au Panama, se moque mon frère, examinant de près un chandail qui ne plairait pas du tout à son chum.

— Pfffff... Non, c'est Émilie! Elle va venir nous rejoindre.

— Génial! Avec vos deux faces de carême, on va se faire un remake de *Jeune fille interrompue* au centre commercial. Je ne sais juste pas encore laquelle de vous deux va jouer la schizophrène...

— T'es donc ben pas fin!

Je proteste, mais j'avoue qu'on fait dur, Émilie et moi. On a dû prendre dix livres depuis nos ruptures respectives, à force de ne rien faire d'autre que manger de la crème glacée en pyjama et regarder tous les films d'amour qui ont jamais été tournés. Solidaires dans notre malheur, nous nous sommes recréé une petite bulle rien qu'à nous où nous nous complaisons et où nous pansons nos plaies en retrait du monde extérieur.

Car, aussi étonnant que cela puisse paraître quand on la connaît, Émilie souffre énormément de sa rupture avec Mehdi. Et pas parce qu'il est le premier gars à l'avoir rejetée. C'est ce qu'elle m'a expliqué entre deux bouchées de crème glacée:

– Avant Mehdi, je m'intéressais toujours à des Anthony Fleury - tu te souviens, le gars qui avait pas voulu me frencher parce que j'étais grosse ? Bref, au genre de gars qui auraient ri de moi quand j'étais petite. Ça me faisait du bien de les séduire, de voir que je pouvais les avoir, leur faire faire n'importe quoi... pour me venger, peut-être. Mais tu sais quoi ? Ça m'amuse plus tant que ça, la vengeance. J'ai envie de passer à autre chose... Sauf que j'ai vraiment pas l'air bonne là-dedans.

Il aura fallu deux drames pour que nous nous rapprochions enfin. Que nous retrouvions chacune l'amie de notre enfance qui nous avait tellement manqué. La petite fille vulnérable et peu sûre d'elle a laissé tomber devant moi son armure de femme fatale, comme pour me demander de l'aider à trouver un juste milieu. Un équilibre qui la rende heureuse.

J'ai jugé qu'il était peut-être temps que j'abandonne, moi aussi, ma carapace.

J'ai pris mon courage à deux mains et je lui ai raconté ce que j'avais fait, toute l'histoire de Tania. À la fin de ma confession, ne sachant visiblement pas quoi dire, elle est restée pensive un moment, puis elle a déclaré qu'on allait manquer de crème glacée. Mehdi l'aura vraiment marquée.

Toute cette histoire entre eux ne s'est donc pas terminée comme je l'avais prévu, avec le cœur de mon ami piétiné par des talons hauts. Mais là où j'avais raison, c'est que je me ramasse tout de même au milieu d'eux deux. La seule façon que j'ai trouvée de dealer avec ça, c'est de faire comme si le Mehdi dont elle me parle n'était pas le Mehdi que je connais.

J'y arrive assez bien. La plupart du temps.

La voix de mon frère me tire de mes pensées :

— Je sais que je suis pas fin, mais j'aime pas te voir comme ça. Je sais pas ce qui s'est passé entre Kevin et toi, mais si t'as gaffé, t'as gaffé. Ou peut-être que c'est lui, je sais pas et je veux pas vraiment le savoir. Mais bon... tu vas t'en remettre, parce que, crois-moi, on s'en remet toujours. Et tu vas en rencontrer un autre, pis un autre, pis un autre. Toi aussi, tu vas faire ton lot de victimes, avant, après... entre chacun. Toi aussi, tu vas inspirer des larmes, des pensées suicidaires et des envies de meurtre.

Profondément ému et sérieux (je l'ai rarement vu comme ça), Thomas a décidé de me confier sa dose de sagesse entre le rayon des chandails et celui des boxers. Les gens autour nous regardent bizarrement, parce que les gens trouvent toujours ça bizarre, les instants précieux qui ne leur appartiennent pas.

Mon frère continue sur sa lancée :

— T'sais... Je connais pas de remède miracle, mais j'ai dû tâtonner pas mal pour en arriver là, avec P.O. Moi aussi, j'ai fait des gaffes... Et j'ai appris deux ou trois trucs. Mais le plus important, c'est que c'est pas censé être difficile, l'amour. T'es pas censée avoir à te battre. C'est pas censé faire mal.

Je lève un sourcil, sceptique. Et *Roméo et Juliette, Love Story, 37°2 le matin...* toutes ces autres histoires d'amour qui finissent mal? C'est ÇA, le vrai amour. Celui qui brûle vif, qui fait sortir les organes à l'extérieur, qui donne envie de vivre et de mourir en même temps...

Le vrai amour, c'est Kevin et moi.

Enfin, c'était.

Comme s'il lisait dans mes pensées, mon frère poursuit :

— Je te dis pas que c'était pas le fun, toi et Kevin. Mais c'est fini. Oublie-le. Arrête de te faire du mal, parce que bientôt, tu le sais pas encore, mais tu vas rencontrer quelqu'un d'autre avec qui tu vas être bien et surtout avec qui ça va être... simple.

— Plate, genre.

— Mais non ! Pas du tout...

Thomas soupire. Je repasse ses paroles dans ma tête. Ce qu'il dit est peut-être vrai pour les autres, pour les gens de son âge ou pour ceux qui n'ont pas connu le VRAI amour et qui ne savent donc pas ce qu'ils ratent, mais moi, je sais pertinemment que je ne rencontrerai jamais personne d'autre que Kevin.

Surtout pas pour que ce soit plate.

Ce que mon frère vient de me livrer est visible-ment important pour lui, si je me fie à son air grave, et moi, j'ai la face d'une fille qui essaie de comprendre que le petit Timmy est tombé dans le puits en décodant les aboiements de Lassie.

Émilie nous rejoint, elle aussi parée de son look je-suis-en-peine-d'amour. Nous nous serrons dans les bras l'une de l'autre comme si nous ne nous étions pas vues depuis des lustres, soulagées de retrouver enfin quelqu'un avec qui parler n'est pas nécessaire.

Pas nécessaire, mais vraiment, vraiment cool.

(K)

De : Kevin
À : Moi
Date : Samedi 14 février
À : 22:13

Tu fais quoi demain? On peut se voir?
Faut que je te parle.

Le dépanneur déborde de guirlandes rouges, de gros cœurs qui sourient et d'une banderole « Bonne Saint-Valentin ».

En attendant que Mehdi arrive, je mâche des boulettes de papier, et je massacre le cœur le plus proche avec ces munitions et la sarbacane de fortune que je me suis fabriquée.

— T'avais rien qu'à pas me narguer! Tiens, une autre dans l'œil ; bien fait pour toi!

M. Bennaceri s'est vraiment donné à fond cette année pour la décoration. C'est bien ma chance! À Noël, nous n'avons eu droit qu'à un ridicule sapin en plastique posé tristement sur le comptoir, et là, on dirait que le rayon déco du Dollarama a explosé dans le dépanneur.

— Allez, une autre en plein milieu du front! Crève, sale cœur!

Il neige encore dehors et il va neiger encore pour des siècles et des siècles. Ceux qui ne mourront pas de froid vont finir par se pendre, déprimés par l'hiver éternel. Les survivants se mangeront entre eux.

Je croque dans ma barre Mars. En attendant l'extinction de la race humaine, c'est toujours mieux qu'un morceau de bras. La fin du monde m'apparaît moins proche lorsque Mehdi entre dans le dépanneur.

— Ah! Anita, tu sais, cet hiver va durer toute la vie!

– Ouin, je sais, c'est l'année de l'hiver éternel. T'es en retard, encore!

– J'ai essayé de t'appeler, mais tu répondais pas.

– Non, j'ai oublié mon cell chez moi. Mais t'aurais pu téléphoner ici, non?

– Ben non, j'ai perdu le papier avec le numéro.

Vite de même, voici le Top 5 des raisons pour lesquelles Mehdi devrait connaître le numéro de téléphone du dép' par cœur:

1. C'est le commerce de son père.

2. Il travaille ici depuis au moins trois ans.

3. Il appelle tout le temps pour dire qu'il va être en retard.

4. Le numéro est super-facile à retenir.

5. C'est le seul moyen de me joindre quand je suis au travail et que j'ai oublié mon cellulaire.

– Tu sais, j'arrive à trouver cinq bonnes raisons pour que tu connaisses le numéro par cœur.

– Mais moi, j'en ai une bonne pour ne pas.

– C'est quoi?

– Je l'ai noté sur un papier.

– Mais si tu perds le papier?

– C'est impossible que je perde le papier, Anita. Je le range toujours à la même place dans mon porte-feuille.

– Mais tu l'as perdu pareil?

— Non ; en fait, je pense qu'on me l'a volé.

— Ton portefeuille ?

— Non... Juste le numéro. Mais dis-moi plutôt : aimes-tu ma décoration de la Saint-Valentin ? me demande-t-il, tout fier.

— Euh... Ben, c'est... euh... pourquoi t'as fait ça ?

— Je me suis dit que ça te ferait plaisir, plein d'amour dans le dépanneur. J'avais acheté des ballons, aussi, mais ça me tannait de les gonfler. On dirait pas comme ça, mais c'est fatigant de souffler dans des ballons.

J'ai du mal à imaginer ce qui a pu lui passer par la tête pour penser que j'allais aimer ça. La fête des amoureux, c'est la dernière chose que j'ai envie d'avoir en tête en ce moment ; ça me semble évident, non ?

Devant mon air impassible (j'essaie de retenir mon « mais voyons, Mehdi, à QUOI t'as pensé ? »), il continue :

— Mais je peux les gonfler, si tu veux ; ils sont dans le tiroir, là.

Je soupire et garde les yeux fermés quelques instants.

— C'était pas une bonne idée ? me demande-t-il tout penaud.

J'ouvre un œil neuf sur les guirlandes rouges qui ornent le dessus du comptoir, sur les cœurs souriants, plus particulièrement celui qui est criblé de boulettes de papier mâché.

Je ne les entends plus se moquer.

— Je peux tout enlever, si tu veux...

Je fais le tour du comptoir et le prends dans mes bras.

— Non, Mehdi, laisse ça comme ça, ça me fait plaisir.

Si je pouvais tout le temps être avec lui, je serais tout le temps bien. Je ne penserais plus à tous les malheurs qui s'abattent sur moi un à un (non, je n'exagère pas !), à mon histoire avec Kevin, à ma rupture avec Kevin, à la disparition de Kevin, Kevin, Kevin, Kevin...

Du moins, j'y penserais, mais, pour une raison que j'ignore, ce ne serait plus aussi douloureux.

La même raison que celle pour laquelle ma barre Mars a meilleur goût quand Mehdi est là. Pour laquelle la même *joke* est plus drôle, le même bobo fait moins mal, les mêmes guirlandes sont plus pleines d'amour.

Les choses sont tellement simples, avec Mehdi !

(K)

De: Moi
À: Kevin
Date: Dimanche 15 février
À: 00:06

Je viens d'avoir ton message, j'avais pas mon cell.
T'es où, qu'est-ce que tu fais? J'étais super-inquiète!
Bien sûr que je veux qu'on se voie demain! Dis-moi
à quelle heure, où!

De: Kevin
À: Moi
Date: Dimanche 15 février
À: 00:08

Demain soir. 19h. *Skatepark.*

De: Moi
À: Kevin
Date: Dimanche 15 février
À: 00:15

O.K. à demain! Je suis vraiment contente d'avoir
de tes nouvelles, je t'embrasse! :)

J'ai tourné tellement vite et tellement longtemps sur moi-même que je me suis effondrée sur mon lit. Une fois mes esprits retrouvés, j'ai sauté jusqu'à ce que les lattes de mon matelas craquent. Je suis descendue de mon perchoir pour faire la danse de la joie en me servant de ma robe de chambre comme cavalier.

J'avais fini par m'asseoir par terre, à bout de souffle, quand ma mère est venue frapper à la porte de ma chambre pour savoir si tout allait bien.

Maintenant oui.

Kevin veut me voir.

Ça doit vouloir dire qu'il m'a pardonné, qu'il veut qu'on s'explique et, certainement, qu'on reprenne ensemble. Je ne vois pas d'autre possibilité. Il a certainement planifié un truc un peu romantique, peut-être avec de la musique et des chandelles, du chocolat, une carte avec un message d'amour...

Quoique ce ne serait pas tellement son genre. C'est pas trop son truc, à lui, de remplir une pièce de décorations.

Mais ce n'est pas grave. Déjà le fait qu'il me contacte est une amélioration. Le fait de savoir où il est, de savoir qu'il pense à moi et qu'il ne m'a pas oubliée, c'est quand même mieux que ce que je m'imaginais, à savoir qu'il enfonçait chaque soir des épingles dans une poupée à mon effigie.

Ou qu'il se consolait avec Mèches-Roses.

Voilà ce qui va se passer demain :

1. J'irai le rejoindre au *skatepark*. Pour changer, il sera déjà là, à m'attendre sur le banc du fond. Lorsqu'il me verra, son visage s'illuminera, et le mien aussi. Je voudrai courir le rejoindre, mais je n'oserai pas, alors je marcherai très vite, et lui aussi. De plus en plus vite. Nous finirons par courir l'un vers l'autre, par nous jeter dans les bras l'un de l'autre, par nous embrasser passionnément, et...

Non, c'est pas possible, ça.

2. J'irai le rejoindre au *skatepark*. Pour changer, il sera déjà là, à m'attendre sur le banc du fond. Lorsqu'il me verra, son visage s'illuminera, et le mien aussi. Il restera assis, et j'irai le rejoindre. On discutera un peu, je m'excuserai encore, il me dira qu'il me pardonne et qu'il s'ennuie de moi, je répondrai que moi aussi, on s'embrassera passionnément, et...

Je laisse mon imagination divaguer quelques instants sur Kevin et moi faisant l'amour sur les estrades et je reviens sur terre : il se peut aussi que le pire arrive...

3. Je vais le rejoindre au *skatepark*. Évidemment, il n'est pas là. J'attends, j'attends, j'attends. Je retourne à la maison, effondrée, et j'apprends le lendemain qu'il s'est fait frapper par une auto en venant me retrouver.

Je ne saurai jamais ce qu'il voulait me dire.

Endeuillée, j'entre dans les ordres, essayant de comprendre grâce à la religion pourquoi l'amour de ma vie m'a été enlevé si brutalement et si soudainement.

Il y a des moments où penser au pire fait apparaître la situation présente comme moins dramatique, mais il y a des moments où penser au pire, c'est juste se gâcher la vie pour rien.

Allons-y pour le meilleur, et tant pis si c'est impossible.

4. Je vais le rejoindre au *skatepark*. La pièce, éclairée aux chandelles, est remplie de ballons rouges. Notre toune, *Use Somebody*, de Kings of Leon, joue en boucle, mais pas trop fort. Lorsque j'arrive, il est au milieu de la salle. Je cours vers lui ; il me prend dans ses bras et me serre fort, me dit qu'il m'aime, qu'il me pardonne et que tout va redevenir comme avant. Mieux qu'avant.

Je me cale sous les couvertures, mon oreiller entre les bras, j'éteins la lumière et imagine la suite de toutes les façons possibles.

Nous fûmes heureux et eûmes beaucoup d'enfants.

(K)

10:02 – A.n.i.t.a. dit :
Tu devineras JAMAIS !

10:02 – A.n.i.t.a. dit :
:D

10:02 – Emxx dit :
Quoi, quoi, quoi ?

10:02 – A.n.i.t.a. dit :
Kevin m'a textée hier soir. Il me veut voir aujourd'hui !

10:03 – Emxx dit :
Ouiiiiiiiiiiiiiiiiiiiiiiiiiiiiii !

10:03 – Emxx dit :
Vous allez reprendre, c'est trop cool ! (L)

10:03 – A.n.i.t.a. dit :
Je sais pas, on verra, mais ça augure bien en tout cas. :)

10:03 – Emxx dit :
Je suis super-contente pour toi ! :)

10:04 – Emxx dit :
Au fait, Mehdi t'a pas parlé de moi, hein ?

**Dernier message reçu dimanche 15 février
à 10:04**

Dans les films, quand l'héroïne est triste, il fait toujours gris.

Eh bien, j'ai découvert que c'était pareil dans la vie!

La dernière fois que j'ai vu le soleil, c'était un carré de lumière sur l'épaule de Kevin endormi, le matin précédant la fin du monde.

Depuis ce temps-là, le jour ne s'est plus jamais levé.

Mais ce matin, tout est différent.

Un rayon pénètre par une fente entre les rideaux. Lorsque je les ouvre, la vision est presque féerique: un ciel bleu d'un bleu qui n'existait pas avant, la lumière qui se reflète sur la neige immaculée, les oiseaux qui pit-pitent... tout est parfait.

Et si on ajoute à ça l'odeur des crêpes de ma mère, des muffins aux bleuets et de la fameuse omelette de mon père... on est au paradis.

Sur le lit, Antoine bâille, s'étire, se roule dans tous les sens et recommence son cirque deux ou trois fois avant de me demander, à brûle-pourpoint:

— Ça te dérange pas qu'il t'ordonne un rendez-vous comme ça, après plus d'un mois de silence?

— Ben non! Je suis juste contente de le voir.

— Les humains sont bizarres. Flatte-moi.

Il est chiant, ce chat. Je devrais juste arrêter de lui parler et de lui donner de l'attention. Oui, c'est ce que je devrais faire.

– C'est quand même moi qui ai tout gâché...

– T'as pas tué sa mère, quand même... quoique si ça avait été le cas, il aurait peut-être été moins fâché... mais mon point, c'est que... t'es toujours pas en train de me caresser, là. Je viens de me réveiller, j'ai BESOIN d'être touché.

– Hum !

Je m'exécute sans y mettre beaucoup de cœur.

– Donc, je disais que c'est pas SI grave, ce que tu as fait. Tu t'es excusée, après tout. C'est comme si je mangeais ton poisson. Je m'excuserais, tu me pardonnerais et on serait quittes, parce que tu saurais que notre relation est plus importante que ce maudit animal qui me nargue depuis des semaines, m'explique-t-il en se léchant les babines.

– Je ne vois pas où tu veux en venir...

– Moi non plus. À partir du moment où j'ai pensé à l'amuse-gueule de choix, j'ai perdu le fil de ma pensée. De toute façon, tu flattes mal, ce matin ; je serais aussi bien de me frotter contre la porte.

Le chat saute en bas du lit et attend que je lui ouvre la porte. Je le suis hors de ma chambre, passe par la salle de bain pour admirer mon air radieux dans le miroir (enfin... aussi radieux que mon air peut l'être au lever), et m'auto-encourage pour mon rendez-vous de ce soir.

— Ce soir, tu vois Kevin et tout va s'arranger ! que j'apprends à mon reflet.

— Iiiiiiiiiiiiiiiii !

— Iiiiiiiiiiiiiiiiiiiiiiiiiiiii !

— C'est trop hot !

— Il faut vraiment que tu ailles raconter ça à Mehdi !

C'est vrai, il faudrait.

C'est mon ami, il va être tellement content pour moi ! Presque autant que mon reflet, j'en suis sûre, même si sa condition masculine ne lui permet pas de pratiquer la multiplication des voyelles.

Je passerai le voir au dépanneur tantôt, comme ça je pourrai aussi lui parler d'Émilie et essayer de savoir s'il n'a pas changé d'avis à son sujet, et tout...

Ce serait cool qu'il ait eu une illumination durant la nuit et que lui et Émilie se remettent ensemble en même temps que Kevin et moi !

...

Ou pas.

Mon père, sur qui le retour du soleil a visiblement le même effet que sur moi, me hurle du bas de l'escalier :

— Princesse, viens manger !

Puis il poursuit en chantant :

— Attends pas qu'maman a soit tannée...

Le voilà parti à hurler Beau Dommage dans toute la maison « pis qu'aaaaa desceeeeeende ». Une chance que mon frère et P.O. ne soient pas encore arrivés ! J'aurais eu droit à un show digne de la famille Dion.

En effet, quand j'entre dans la cuisine, mon père est « tanné d'entendre le bruit des vagues » et ma mère nous ponctue ça d'*aloha* qui semblent tout droit sortis d'une chanson complètement différente.

Non, je ne chanterai pas. Non, je n'ai pas envie. Et oui, je sais que je suis plate. Il y a tout de même des limites à être de bonne humeur. N'oublions pas que j'étais presque morte pas plus tard qu'avant-hier. Je dois me réadapter à la joie petit à petit...

Ils sont drôles, il faut leur accorder ça. Maman en vahiné et papa qui chante avec le fouet du batteur à œufs en guise de micro. Ce n'est pas dans toutes les familles qu'on voit ça.

– 7760, Saint-Vallier, Montréal... que je reprends en chœur.

Je n'ai pas eu le choix.

Ça leur aurait fait de la peine si je n'avais pas participé à leur cirque. D'accord, la reprise du refrain « Manon viens souper si tu viens pas tout d'suite ben là tu pourras t'en passer... » avec le petit mouvement de hanches, je n'étais pas obligée, mais tant qu'à y être...

J'espère que ma petite sœur est prévenue qu'elle va atterrir dans une maison de fous !

(K)

13:11 – A.n.i.t.a. dit :

Je serai pas là ce soir, je vois Kevin ! :)

13:11 – Thomas dit :

Bon ! C'est ce que je disais, ta maudite peine d'amour a assez duré !

13:11 – A.n.i.t.a. dit :

:)

13:12 – Thomas dit :

L'aimes-tu encore, au moins ?

Dernier message reçu le dimanche 15 février à 13:12

À 19 h, le *skatepark* est fermé, alors j'attends Kevin dehors. Voilà une première chose que je n'avais pas prévue. Je pourrais attendre au chaud dans la voiture, mais c'est nul, des retrouvailles dans une voiture, parce c'est super-difficile d'y frencher. À moins d'aller s'installer directement sur la banquette arrière, auquel cas ça paraît qu'on a prévu le coup et ça enlève toute la spontanéité de la chose.

Or, on a beau dire, en matière de retrouvailles, c'est important, la spontanéité.

Je me tourne vers la droite, d'où je pense qu'il va arriver, ce qui est très niaiseux, car ce n'est plus par là qu'il habite. Du moins, à ce que je sache. Si ça se trouve, c'était un mensonge de sa mère qui voulait nous empêcher de nous voir. Comment ai-je fait pour ne pas y penser avant ?

— Heille, dit la voix de Kevin dans mon dos.

Je sursaute.

Tout ce que je n'ai pas pu avoir de Kevin durant ce long mois me revient au visage en même temps, dans un énorme tsunami d'émotions et d'images. Je voudrais embrasser ses sourcils, ses lèvres, son nombril (surtout son nombril)... Dans mon élan, je suis sûre que je pourrais même embrasser ses dessous de bras.

O.K., non, peut-être pas.

— Tu m'as fait peur !

Il jette sa cigarette et crache la fumée en l'air.

— Tu viens ? On marche ?

Avalanche de réponses possibles : Pour aller où ?
Ben non, j'ai mon auto ! Y fait un peu froid pour marcher, non ? Jusque loin ? Tu préfères pas qu'on aille se
mettre au chaud quelque part ? J'ai pas trop envie de
marcher...

Réponse donnée :

— O.K.

Nous longeons la rue en silence. Je cherche quelque chose à dire, mais je me souviens de la rentrée,
quand le directeur m'avait demandé de lui montrer je ne
sais plus quelle salle et que Kevin m'avait répondu que je
ne devais pas me sentir obligée de faire la conversation.
Je n'ai pas envie de réitérer l'expérience mais, en même
temps, cette fois, c'est lui qui a demandé à me voir.

Je n'avais pas envie de marcher.

Pourquoi est-ce que j'ai répondu « O.K. » ? Pourquoi
est-ce que j'ai passé des mois à venir regarder des gars
faire les guignols sur des planches à roulettes alors que
ça m'intéresse autant qu'un reportage sur le système
digestif des babouins ?

Pourquoi ai-je dû me créer un alter ego pour me
rapprocher de lui ?

On est arrivés.

— Un magasin de linge ?

— Pas JUSTE un magasin de linge...

J'aurais aimé voir Matthias, mais il dormait déjà lorsque je suis arrivée. La prochaine fois, peut-être...

Le magasin de linge qui n'est pas juste un magasin de linge, c'est aussi l'endroit où Kevin travaille comme vendeur, à mi-temps. « Un travail tranquille et qui paie pas mal. »

En arrière du magasin de linge qui n'est pas juste un magasin de linge, il y a l'atelier où il dessine et fabrique les nouveaux t-shirts qu'il vend. « Pour l'instant juste ici mais, si ça pogne, y en aura dans les autres magasins, partout dans le monde, genre. »

Au-dessus du magasin de linge qui n'est pas juste un magasin de linge, il y a un petit appartement où il habite avec son frère. « C'est pas si pire ; au moins, il a sa chambre, pis moi, la mienne, comme ça je peux étudier tranquille, le soir. Passque je fais mon secondaire à distance, genre. Ça me déconcerte moins. »

Déconcentre.

Dans le petit appartement, au-dessus du magasin de linge qui n'est pas juste un magasin de linge, il y a sa chambre ; dans sa chambre, son lit, et sur son lit, moi.

Assise. Habillée. À mille lieues de ce que j'avais imaginé hier soir, et pourtant pas si loin.

— Je suis contente pour toi.

— Bah! tu sais, je dis que c'est grâce à Zack; il m'a comme... pris sous son aile et tout... mais ce serait pas arrivé si je t'avais pas rencontrée. Fak c'est pour ça, je voulais te montrer. Pis te remercier... tout ça. Tu m'as donné le goût de sortir de mon trou, de faire de quoi de ma vie... de faire de quoi de moi. Si je t'avais pas rencontrée, je serais pas là... je sais pas où je serais, en fait. Donc ben... c'est ça. Merci.

— Ça veut dire que tu me pardonnes?

Son sourire énigmatique brille dans la pénombre. Il vient s'asseoir près de moi, presque collé. Je pose ma tête sur son épaule.

— Ça fait un boutte que je t'ai pardonné, Princesse.

— Mais c'est fini, hein?

— Ouais... Je sais pas. C'est pas n'importe quoi, les sentiments que j'avais... que j'ai pour toi. En général, quand on me fait mal, je me pousse, sauf que là, ça se peut pas. Mais y a un truc cassé pareil, et je sais pas combien de temps ça va prendre pour le réparer. Je sais pas si c'est réparable, en fait.

Nous restons quelques instants serrés l'un contre l'autre; des larmes coulent sur ma joue, mais je ne suis pas triste.

Du moins, pas trop triste.

Je ne sais pas non plus si ce quelque chose cassé

entre Kevin et moi est réparable, mais j'espère que, si ça l'est, je n'aurai besoin ni de Tania ni de personne d'autre comme béquille.

Il m'offre de me raccompagner jusqu'à mon auto, mais je refuse. Il me laisse son nouveau numéro de téléphone et m'invite à revenir quand je veux.

— Matthias s'ennuie de toi... pis moi avec.

— Moi aussi, je m'ennuie de vous.

Nous nous serrons dans les bras l'un de l'autre, pas tout à fait comme des amoureux, mais pas vraiment comme des amis. Un câlin d'amouritié.

La lumière s'éteint au-dessus du magasin de linge qui n'est pas juste un magasin de linge alors que je tourne le coin de la rue.

Il est tard, mais j'ai un dernier petit arrêt à faire.

Quand j'arrive au dépanneur, Mehdi compte la caisse pour finir son quart de travail.

— Anita! Qu'est-ce que tu fais là? Il est tard...

— J'étais avec Kevin.

Il fait une pause dans son comptage et reprend aussitôt.

— Oh! O.K. C'est cool, je suis content pour toi, déclare sa face de six pieds de long.

— T'as pas à être content, c'est fini.

— Ah ouais? Merde, c'est plate, je suis désolé.

Il réussit parfaitement à camoufler le sourire de sa bouche, mais ses yeux vendent la mèche.

Je souris, et il insiste.

— Non, non, pour vrai, je suis triste pour toi ; c'est pas pour ça que je ris, c'est pour autre chose.

— J'ai rien dit.

— Hum. Je ferme, là. Tu veux que je te ramène chez toi ? On marche ?

— Non. J'ai pas envie de marcher.

Sophie Bien

LES SÉRIES   LES AUTEURS   CAPSULES

(k)

Épisode

13

Du mercurochrome
sur le cœur

Sophie

Une nouvelle série dans
la collection Epizzod :
Psy malgré moi,
de **Marie-Sissi Labrèche** !

Nouvelle poly, nouveaux amis.
Leurs amours, leurs soucis...
Et moi dans tout ça ?

Sophie Bienvenu

Sophie Bienvenu est une fille, une jeune fille ou une femme, selon son humeur. Elle possède un chien, des draps roses et un sofa trop grand pour son appartement. Après avoir suivi une formation en communication visuelle dans une prestigieuse école parisienne, elle a décidé d'exercer tous les métiers possibles jusqu'à ce qu'elle trouve sa vocation. C'est en 2006, lors de la parution de *Lucie le chien,* que Sophie Bienvenu a décidé de devenir une auteure (idéalement célèbre et à succès) ou du moins d'écrire des histoires qui plaisent aux gens. Dans sa série *(k),* elle dépeint des jeunes évoluant sur fond d'amour, d'humour, de drame et de fantaisie.

Salgood Sam

Au début des années 1990, Salgood Sam fait de la bande dessinée et de l'animation tout en pratiquant d'autres formes d'art. Depuis l'an 2000, il se livre aussi à l'écriture, au « blogging » ainsi qu'au « podcasting ». Il a publié plus d'une trentaine de titres de bandes dessinées chez Marvel et DC Comics, et a été finaliste dans la catégorie « talent émergent » à l'occasion de la première édition des prix Doug Wright en 2005. En 2008, il a collaboré avec l'auteur et éditeur Jim Monroe à la publication du roman graphique *Therefore Repent.* En 2009, plusieurs de ses nouvelles paraîtront dans les anthologies *Comic Book Tattoo* et *Popgun 3.* La publication de *Revolver R* est également prévue pour octobre 2009. *(k)* est la première collaboration de Salgood Sam avec la courte échelle.

Les éditions de la courte échelle inc.
5243, boul. Saint-Laurent
Montréal (Québec) H2T 1S4
www.courteechelle.com

Direction littéraire : Julie-Jeanne Roy

Révision : Leïla Turki

Direction artistique : Jean-François Lejeune

Infographie : D.Sim.Al

Dépôt légal, 4e trimestre 2009
Bibliothèque nationale du Québec

Copyright © 2009 Les éditions de la courte échelle inc.

La courte échelle reconnaît l'aide financière du gouvernement du Canada
par l'entremise du Programme d'aide au développement de l'industrie de
l'édition pour ses activités d'édition. La courte échelle est aussi inscrite au
programme de subvention globale du Conseil des Arts du Canada et reçoit
l'appui du gouvernement du Québec par l'intermédiaire de la SODEC.

La courte échelle bénéficie également du Programme de crédit d'impôt pour
l'édition de livres – Gestion SODEC – du gouvernement du Québec.

**Catalogage avant publication de Bibliothèque et Archives nationales
du Québec et Bibliothèque et Archives Canada**

Bienvenu, Sophie

    Du mercurochrome sur le cœur

    ((k) ; épisode 13)
    (Epizzod)
    Pour les jeunes de 14 ans et plus.

    ISBN 978-2-89651-161-7

    I. Sam, Salgood. II. Titre. III. Collection: Bienvenu, Sophie.
    (k) ; épisode 13. IV. Collection: Epizzod.

PS8603.I357D8 2009   jC843'.6   C2009-942342-1
PS9603.I357D8 2009

Imprimé au Canada

DANS LA MÊME SÉRIE